이런 제자, 저런 일

어르신 이야기책 _111 짧은글

이런 제자, 저런 일

초판 1쇄 발행일 2018년 3월 9일

지은이 권오길
그린이 김영희
펴낸이 이원중

펴낸곳 지성사 출판등록일 1993년 12월 9일 등록번호 제10-916호
주소 (03408) 서울시 은평구 진흥로1길 4(역촌동 42-13) 2층
전화 (02) 335-5494 팩스 (02) 335-5496
홈페이지 지성사. 한국 | www.jisungsa.co.kr 이메일 jisungsa@hanmail.net

ISBN 978-89-7889-360-2 (04810)
        978-89-7889-349-7 (세트)

이 도서의 국립중앙도서관 출판예정도서목록(CIP)은 서지정보유통지원시스템 홈페이지
(http://seoji.nl.go.kr)와 국가자료공동목록시스템(http://www.nl.go.kr/kolisnet)에서
이용하실 수 있습니다. (CIP제어번호: CIP2018005473)

이런 제자, 저런 일

권오길 글 · 김영희 그림

지성사

30년 가까이 교직에 몸담는 동안 직접 배우지 않은

제자까지 포함해서 내 이름을 아는 제자가

2만 명이 훨씬 넘게 되었다.

하루는 청계천 2가에서 달려오는 버스의 번호판만

눈이 빠져라 쳐다보고 있는데,

이게 무슨 날벼락이람,

뒤에서 어느 놈이 내 목덜미를 감싸안는 게 아닌가.

아, 이것이 들치기 날치기라는 것이구나 싶어
소스라치게 놀라 몸을 움츠렸다.

그 순간 나의 귀를 의심케 하는 "선생님!" 소리가
들려오는 것 같기도 했다.

그러나 마음의 귀를 기울이지 않으면 들리지 않고,
마음의 눈을 뜨지 않으면 보이지 않는 법이니,
마음의 귀가 '날치기'에 가 있으니 '선생님'이
귀에 들어올 리가 만무했다.

분노와 두려움이 교차하는 순간 그 젊은 놈이
땅바닥에 넙죽 엎드려 큰절을 하는 게 아닌가.

나는 괴이하기도 하고 창피하기도 해서 옆 사람들의

눈치를 보느라 두리번거리는데

고개를 드는 그를 보니 바로 나의 제자가 아닌가.

　　얼른 손을 잡아 쥐며

"너, 어쩐 일이냐. 참 그때 임질은 다 나았느냐?"

하는 말이 반사적으로 내 입에서 튀어나왔다.

"예? 선생님, 지금까지 그러면 어쩌라구요."

경기고등학교가 화동에 있을 때였다.

하루는 생물실에 한 아이가 풀죽은 기색으로

기어들듯 들어와, 허리는 반쯤 굽히고

두 손을 앞으로 한 채 내 쪽으로 왔다.

꼭 침 먹은 지네 형상이었다.

어떤 예감이 들었다.

용한 의사는 사진만으로도

환자 상태를 85퍼센트 이상 알아낸다고 하는데

우리도 아이들 표정만 봐도 그들의 마음을 읽어낸다.

"야, 니 와 그라노?"

따뜻하게 물었다.

그 아이가 곧바로 문제를 털어놓을 것 같지

않았기 때문이다.

또 서로 마음이 열리지 않으면 아이들도 진심을

드러내지 않는다는 것을 잘 알고 있었다.

"그래, 니 안색이 좀 안 좋아 보인다.

야, 무슨 일이 있나?"

여러 말로 구슬렸더니 마침내

"선생님, 사실은……"

하며 입을 열었다.

그 사실이란 이렇다.

고등학교 1, 2학년이면 들을 것은 다 듣고,

알 것은 다 안다.

겉으로는 어린애 같지만 속에는 늙은 영감이 들어 있고,

성(性)에 대해서도 고민을 많이 한다.

　　그놈은 친구들과 교복을 입고 책가방을 든 채

미아리의 '텍사스촌'으로 가서는 한 상 차려 먹고 마시고,

뜬계집과 그 짓까지 하고 왔다는 것이다.

술값이 없어 책가방을 맡기고.

그놈의 이야기 한 토막이 끝날 때마다

나는 "그래서?"

하고 다음 이야기를 재촉했다.

재미도 있고(?), 두렵기도 하고, 당돌하다는 느낌을

가지면서도 나름대로 이해하려고 애를 썼다.

술, 여자, 재물이 남자의 삼불혹(三不惑)이라고

가르쳐 왔건만 아이들에게는 '소귀에 경 읽기'다.

경기고등학교 학생들은 개성이 유별나서
다른 학생들한테서는 찾아보기 힘든 특징, 특기
하나씩은 가지고 있었고, 그들의 반 평균 아이큐는
136이나 되었다(아이큐라는 게 믿거나 말거나이지만).

나는 지금도 고등학교 평준화를
강력히 반대하는 사람이다.
사람도 경쟁을 해야 하고,
서로 비슷해야 경쟁이 가능하기 때문이다.

40점짜리와 95점짜리를 반죽하듯 섞어 버리는
교육제도가 세상 어디에 있겠나.

어쨌든 이렇게 개성 있는 '임질'이는

모든 것을 고백하고 나서는 생기가 도는 듯 보였다.

마치 세심(洗心)이나 한 듯.

　　"야, 이놈아, 바지 벗어 봐라."

　　이놈이 쭈뼛쭈뼛 허리띠를 풀기에,

바짓가랑이는 내가 잡아당겨 내리고

팬티를 살짝 내려 그놈을 끄집어내 훑어보니

끝에서 노란 고름이 나오는 게 아닌가!

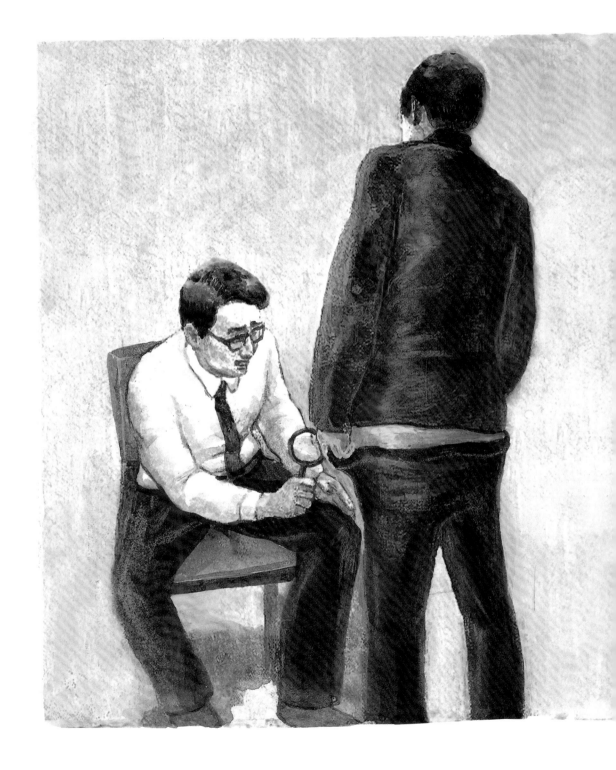

그럴 것이라는 짐작은 하고 있었지만 정말이었다.

"얘, 임질이다. 매독은 아닌 것 같으니 안심해라."

하고는 비뇨기과에 가서 치료하면 된다고
안심시켜 돌려보냈다.

　바로 그 아이가 나의 목을 두 팔로 끌어안고
반가워하는 것이다.

버스를 타고 가는데 '선생님이 서 계시기에'
다음 정거장에서 내려 달려왔단다.

"선생님, 막걸리 한잔 하십시다" 하면서

나의 팔을 끄는데 "야, 미아리 가자"는 내 농담에

둘 다 눈을 뜰 수 없을 정도로 웃어대며

옆 골목으로 들어갔다.

'임질'이는 이 글 읽으면 꼭 연락하거라.

다시 한 번 만나보고 싶다.

내 마음에 가장 깊이 박혀 있는 너인데도

네 이름을 잊어 미안하다.

춘천으로 직행해라. 닭갈비에 경월소주 한잔 하자.

강원대학교에서 이 권오길이를 모르는 사람은 없다. 꼭!

지금도 삼성동의 경기고등학교 앞을 지날 때면

옛일이 생각난다.

허허벌판에 학교만 우뚝 솟아 있었고,

주변 밭의 파리들이 밥 냄새를 맡고 몰려들어

점심시간마다 파리와 한바탕 전쟁을 치러야 했다.

그때 심었던 나무들이 이제는 아름드리가 되었다.

저 나무처럼 내 제자들도

출중한 인재들이 되어 있을 것이다.

부모가 살아 계시고 형제가 무고한 것〔父母俱存 兄弟無故〕이 일락(一樂)이요,

하늘을 우러러보고 땅을 내려다보아도 부끄러움이 없음〔仰不愧於天 俯不怍於人〕이 이락(二樂)이요,

영재를 모아 가르치는 재미〔得天下英才 而敎育之〕가 삼락(三樂)인데 이것을 느껴본 것은 행운이었다.

돌아가면서 발표하는 대표수업이라는 것이 있었다.

부담스럽게도 내가 걸렸다.

혈액응고에 관한 실험을 하기 위해

토끼의 귀에서 주사기로 피를 뽑는 중이었는데

한 학생이 그 선혈(鮮血)을 보고

그만 현기증을 일으켜 쓰러져 버렸다.

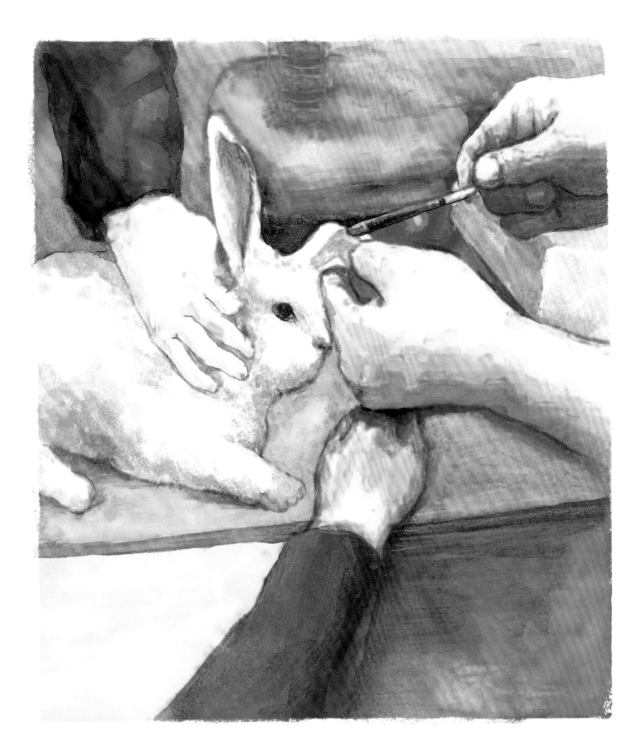

양호실에 누워 있는 아이의 얼굴이 종잇장 같았던

기억이 오늘도 생생하다.

다음 수업시간에 그 아이를 놀려 주기도 했지만,

이렇게 선명한 붉은색은 사람을 흥분시키고

충동질할 뿐 아니라 심하면 현기증까지 일으킨다.

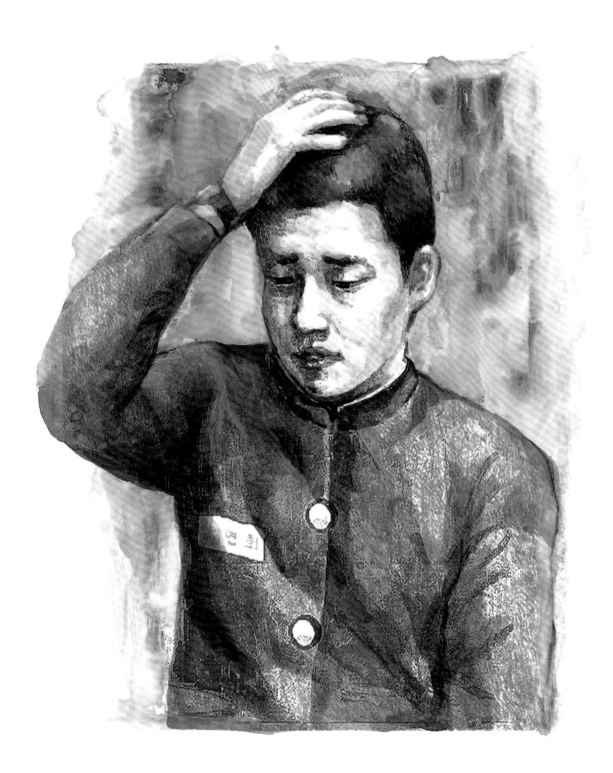

무슨 쟁의가 있는 곳에 가 보면 어김없이

댕기같이 긴 붉은 띠를 이마에 동여매고 있는데

이제는 벗어 던지고 녹색 띠로 바꿔 매면 어떨까?

　또 상대편 역시 미소근육을 아껴 두었다가

어디에 쓰려 하는가.

서로 간에 천적처럼 대하지 말고

생물들의 공생 기술을 한번 배워 보자.

수도여자고등학교에서 학생들을 가르칠 때의 일이다.

학부형에게 부담만 준다는 논란이 있기는 했지만

가정방문은 교육상 필요했고,

그때는 그 결과를 학교에 보고까지 했을 때다.

　　학교에서 가까운 한 학생의 집을 방문했을 때인데,

그 학생의 어머니는 정성껏 맥주 한 병을 내놓았다.

쟁반 위의 큰 맥주병 옆에는 작은 땅콩봉지와

소주잔이 놓여 있었다.

1960년대 후반의 우리나라 경제 사정을 모르는

젊은 독자들은 이해하지 못하겠지만 웃을 일은 아니다.

　나는 그 어머님이 권하는 맥주를 몇 잔 마시고

학생에 대해 진지하게 대화를 나누고 돌아왔다.

자식 걱정은 잘살고 못살고가 없고,

배우고 못 배우고가 없는 것이다.

사람은 연(緣)을 귀하게 여길 줄 알아야 한다고 했다.

어쭙잖은 만남도 모두가 귀한 인연이라 생각한다.

사제의 연뿐만 아니라 선생과 학부모의 연 또한

귀한 것이다.

맥주에 소주잔을 놓아도 좋다.

서로 아껴야 한다.

스승 없는 제자가 어디 있으며,

제자 없는 스승 또한 어디 있겠는가.

한번은 LA에 갈 일이 있었는데 공항에 내리자마자

지금은 홍익대학교 교수로 있는 김 군이

마중을 나와 있다가 나를 끌고 간 곳이

중국음식점이었다.

그곳에는 정말 오랜만에 보는 제자들이

여럿 모여 있었다.

그들 중에서도 아직도 빼빼 말라 옛 모습 그대로인

최 군이 제일 반가웠다.

"야, 그래 우찌 사노?"

머뭇거리던 최 군은 내 손을 덥석 잡으면서
눈물을 흘렸다.

"선생님께서 항상 말씀하셨던, 효는 인본(人本)이란
말 잊지 않고 있습니다.
이번에 부모님 모시고 와서 같이 살고 있습니다.
세탁소도 하나 더 샀구요.

선생님, 제가 선생님 속을 많이 태워 드렸지요."

눈물 콧물 흘리며 과거로 돌아간

제자의 손을 잡고 있자니 내 눈시울도 젖어 왔다.

걸핏하면 지각이요 결석인 아이 탓에

고무신 장사를 하던 어머님이 학교로

여러 번 불려오곤 했다.

최 군 덕에 나도 잠깐이나마

과거를 되씹게 되었고

좋은 선생이 되겠다고 다시 한 번 다짐했다.

배갈에 얼큰하게 취한 스승과 제자들은

2차로 자리를 옮겨 마이크도 잡았다.

다른 제자들은 모두 공부를 하고 있었으나
최 군만이 생활현장에서 뛰고 있었다.

　그날 술값은 모두 최 군이 냈고,
나중에 보니 꼬깃꼬깃 접은 돈 백 달러가
내 주머니에 들어 있었다.

착하고 공부 잘한 학생들은

기억에서 빨리 사라지고

임질이와 최 군 같은 제자들은

오래오래 마음에 남는다.

자네들, 건강이 제일이야,

부디 건강하게.